Bróga Thomáis

ÚNA LEAVY

• léaráidí le Margaret Suggs •

THE O'BRIEN PRESS
Baile Átha Cliath

An chéad chló 2002 ag The O'Brien Press Ltd,
12 Bóthar Thír an Iúir Thoir, Ráth Garbh, Baile Átha Cliath 6, Éire.
Fón: +353 1 4923333; Facs: +353 1 4922777
Ríomhphost: books@obrien.ie; Suíomh gréasáin: www.obrien.ie
Athchló 2004, 2007.

ISBN: 978-0-86278-782-0

British Library Cataloguing-in-Publication Data.
Leavy, Una
Broga Thomais. - (Sos ; 7)
1.Children's stories
I.Title II.Suggs, Margaret
823.9'14[J]

Fuair The O'Brien Press cabhair
ó Bhord na Leabhar Gaeilge.

3   4   5   6   7
07   08   09   10   11

Faigheann The O'Brien Press cabhair ón gComhairle Ealaíon

Eagarthóir: Daire MacPháidín
Dearadh leabhair: The O'Brien Press Ltd.
Clódóireacht: Cox and Wyman Ltd.

LEABHAIR EILE SA TSRAITH **SOS**

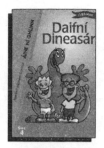

Nuair a bhí Tomás óg,
níor chaith sé bróga ar bith.

Ba bhreá leis imirt
lena bharraicíní
agus iad a chur ina bhéal.
Nach iad a bhí go deas!

Nuair a bhí Tomás níos sine
chuir Mamaí péire bróg air.

Ach níor thaitin
na bróga le Tomás
ar chor ar bith.

Chaith sé bróg amháin
leis an gclog
agus thit an clog ina smidiríní
ar an urlár.

Chaith sé an bhróg eile le Daidí
agus bhuail sé ar an tsrón é.

Níor thaitin sé sin le Daidí.

Lá i ndiaidh lae,

chuir Mamaí péire bróg ar Thomás.

Lá i ndiaidh lae,

bhain Tomás na bróga de.

Bhí an-spraoi ag Tomás
lena bharraicíní nochta.
Níor chaith sé bróga nó stocaí
riamh.

14

Uaireanta, ligh an coileán
a bharraicíní.

Thaitin sé sin le Tomás.

Thóg Daidí Tomás go
siopa na mbróg leis lá.
'Is buachaill mór anois tú,'
arsa Daidí leis.
'Tá sé in am agat
bróga a chaitheamh.'

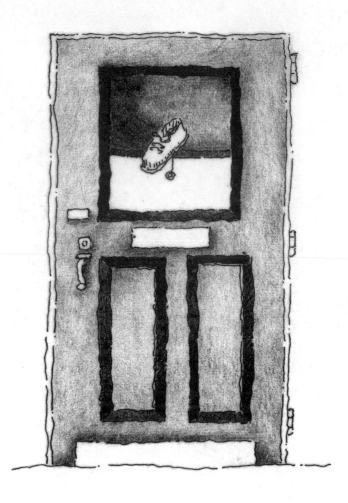

Bhí siopa na mbróg sa bhaile mór.

'Beidh uachtar reoite againn

tar éis bróga nua a cheannach,'

arsa Daidí.

Ach ní raibh Tomás sásta.

'Ní maith liom bróga,'

ar seisean.

Thaispeáin fear an tsiopa

a lán bróg dóibh –

bróga gorma,

bróga dearga,

bróga samhraidh,

bróga geimhridh.

'**Stop**!' arsa Tomás,

nuair a chuir fear an tsiopa

na bróga air.

'Ní maith liom bróga gorma.

Ní maith liom bróga dearga.'

'Ní maith liom bróga samhraidh.

Ní maith liom bróga geimhridh.

**Ní maith liom
bróga ar bith!'**

Bhí Daidí ar buile.

Bhí fear an tsiopa ar buile freisin.

Ach níor thaitin bróga
le Tomás fós.

Tháinig an **Fómhar**.

Thit na duilleoga ar an talamh.

Chaith Tomás lá i ndiaidh lae

ag súgradh sna duilleoga –

cosnochta.

Nach aige a bhí an spórt
nuair a bhí sé ag cur báistí!
Léim sé sna locháin uisce
arís is arís eile.

Ansin, tháinig an **Geimhreadh**.
Maidin amháin,
d'fhéach Tomás
amach an fhuinneog.
Bhí **calóga móra sneachta**
ag titim ón spéir.

Bhí sneachta ar na crainn.

Bhí sneachta ar na páirceanna.

Bhí brat bán sneachta
ar fud na háite.

'An gcabhróidh tú liom leis na ba?'
arsa Daidí.

'Cinnte,' arsa Tomás.

Chuir Mamaí cóta mór,
caipín agus lámhainní air.

Ní dúirt sí tada faoi **bhróga**.

Ach chaoch sí súil ar Dhaidí
agus é ag dul amach.

D'oscail Tomás an doras.

Chuir sé a chos

ar an sneachta lasmuigh.

ÚÚÚ! Nach é a bhí fuar!

Shiúil Daidí go tapa.

Rith Tomás in aice leis.

D'fhág siad rian a gcos
sa sneachta.

Ó, ach bhí sé an-fhuar!

Thosaigh Tomás ag crith.

Tháinig dath gorm ar a chosa.

D'éirigh siad níos fuaire

agus **níos fuaire**.

Sa deireadh,

níorbh fhéidir leis

siúl a thuilleadh.

'Tóg suas mé, a Dhaidí,'
arsa Tomás ansin.
'Ní féidir liom siúl
a thuilleadh.'

'Tá brón orm,' arsa Daidí,

'ach ní féidir liom.'

'Ach tá mo chosa reoite,'

arsa Tomás.

'Ní féidir liom siúl níos mó.'

Agus thosaigh sé ag caoineadh.

43

Bhí ar Thomás siúl agus siúl cosnochta.

ÚÚÚ – bhí sé an-fhuar ar fad.

Nuair a bhí Daidí
réidh leis na ba,
thóg sé suas
an buachaill bocht.

Nuair a shroich siad an baile
thóg Mamaí Tomás ar a glúin.
Thriomaigh sí a dheora
agus a bharraicíní beaga reoite.

Thug sí babhla mór leitean dó.

'Féach sa chófra mór,'
arsa Mamaí le Daidí.
'An bhfuil bosca mór ann?'
'Tá,' arsa Daidí,
agus chaoch sé súil ar Mhamaí.

Fuair Daidí an bosca.

Nuair a d'oscail Tomás é,

cad a bhí istigh ann

ach **péire buataisí** –

buataisí móra dearga!

Nach air a bhí an t-áthas!
Chuir Mamaí stocaí teolaí
agus na **buataisí
móra dearga** air.

Amach le Tomás sa chlós.
Rith sé tríd an sneachta
ag preabadh
agus ag pocléimnigh.

Thóg sé fear sneachta iontach.

Agus d'fhan a chosa

tirim agus teolaí

an t-am ar fad.

Istigh sa chistin,

chaoch Mamaí agus Daidí

súil ar a chéile!

LEABHAIR SA TSRAITH
SOS

1

Ba mhaith le Deirdre
bheith ina bhanríon
sa dráma ar scoil.
Is iontach an choróin atá aici.
Ach tá an choróin imithe
ar maidin.
Cad a dhéanfaidh Deirdre?

2

Is breá le Sinéad damhsa.
Ach cén sort damhsa?
Damhsa Gaelach? Bailé?
Ní hea!
Tá Sinéad difriúil –
tá a stíl féin ag an gcailín seo.

3

'Ná bain don cháca sin!'
arsa Mam le Cáitín.
Ach bhí sé go hálainn!
Bhlais Cáitín píosa beag
den reoán ...
agus ansin píosa eile ...
go dtí nach raibh fágtha
ach cáca lom!

4 Is breá le Niall agus Conall
cleasanna a imirt –
go háirithe ar Mhamaí!
Ach céard a tharlaíonn
nuair a thugann Daifní
Dineasár cuairt orthu?
An gcreideann Mamaí
go bhfuil dineasár
thuas staighre?

5 Cá bhfuil fiacla Mhamó?
Tá siad i mála scoile Danny.
Bhí spórt iontach ag Danny
leis na fiacla ar scoil.
Ach féach cad a tharla
nuair a tháinig sé abhaile!

6 Is breá le Sailí spotaí.
Spotaí ar a cuid éadaigh,
spotaí ar a cuid bréagán,
spotaí ar gach rud!
Ní éireoidh Sailí tuirseach
de na spotaí go deo –
nó an éireoidh?

LEABHAIR SA TSRAITH
SOS

7 Ní chaitheann Tomás bróga.
'Ní maith liom bróga ar bith!'
ar seisean.
Is fearr leis siúl cosnochta.
Cad a dhéanfaidh
Mamaí agus Daidí leis?

8 Is moncaí dána é Colm.
'Ú-ú-ú!' a deir sé
arís is arís eile.
Bíonn cóisir aisteach aige –
an-aisteach!
Agus féach cad a tharlaíonn
do Cholm agus dá chairde!

9 Ba bhreá le Finn a bheith
'cúileáilte' – ach níl sé ar chor
ar bith.
Déanann sé a dhícheall ach
teipeann air ...
go dtí go n-athraíonn sé a stíl
ghruaige!

LEABHAIR SA TSRAITH
SOS

10 Bíonn an t-uan beag
dubh i dtrioblóid i
gcónaí, go speisialta le
Póló, an madra caorach.
Ach nuair a thagann an
sneachta mór bíonn an
lá ag an uan beag dubh.

11 'Seanlámhainní glasa! Domsa?'
Tá an-díomá ar Deirdre.
Ach taithníonn siad
go mór le Fionnán.
Agus ... Cogar!
... tá rún ag baint
leis na lámhainní céanna!

12 Ba bhreá le Jenny madra
dá cuid féin.
Ach is trioblóid an madra seo!
Bíonn sé ag tochailt
sa ghairdín i gcónaí!
Bíonn sé i dtrioblóid
i Scoil na Madraí!
Cad a dhéanfaidh Jenny?

LEABHAIR SA TSRAITH
SOS

13

Is breá le Conor
a chulaith buachalla bó.
'Yee Haw!' a deir sé.
Lámha suas!'
Is í culaith Conor an rud
is fearr ar domhan.
Ach an mbeidh sé ábalta
í a chaitheamh ar scoil?

14

Is breá le Mailí cait.
Tá pictiúr de chait
ar gach balla ina
seomra codlata aici.
Ach ní féidir léi
a cat féin a fháil –
mar go mbeadh
a clann go léir tinn!
Tá an-bhrón ar Mhailí.
Ach tá plean aici ...